KB099134

능소화 편 집

지혜사랑 270

능소화 핀 집

정미영 시집

지혜

자서

오랫동안 꿈을 꾸었다

삶도
시도
사랑도
버거워 무디게 지나갔다

먼 길 걸어왔다고 생각했는데
제자리걸음이었다

산목련처럼 혼자 피었다가
혼자 지겠거니 했다

2023년 여름
정 미 영

차례

자서 5

1부

어떤 장례식장 10
공중전화 11
오랜 말 12
가을비 13
나무의 길 14
가난한 밥때 15
달팽이 전철 17
애월 소나타 18
사과 19
오래 된다는 것 20
감국을 따던 날 21
수족관 22
발버둥 치다 23
열대야 24
터미널에서 25
때를 놓치다 26
춘분 27
밥 28
도시 나무 29
능소화 핀 집 30
어떤 처방전 31
단풍 32

2부

낮잠 34
하현달 35
암표 36
시 37
벚꽃사진관 38
느리실 마을 39
문턱 40
개망초 41
설거지 42
입춘 43
부부 44
너도 바람꽃 나도 바람꽃 45
양팔 저울 46
달빛마을 47
그늘 48
추秋상想 49
쇼윈도에 사는 사람 50
삼월 51
카페 포엠에서 52
산목련, 비밀을 듣다 53
조용한 위로 55
감시카메라 56

3부

주인 잃은 전화 58
맛을 잃어버리다 59
배롱꽃 닮은 여자 60
수화 61
명자꽃 62
낮달 63
인연 64
무화과 65
형용사 66
오래된 시계 67
엘리제를 위한 기억 68
유달산의 봄 학교 69
아버지의 밥 70
찔레꽃 71
오얏꽃 질 무렵 72
남매 73
기억 74
기다림의 속들 75
마음은 평택역에서 내리다 76
바람꽃 마을 77
인형의 집 78
건들바람 79

해설 • '어떤' 대상을 위한 따뜻함의 시학 • 권혁재 81

1부

• 일러두기

페이지의 첫줄이 연과 연 사이의 띄어쓰기 줄에 해당할 경우 >로 표시합니다.

어떤 장례식장

여기는 버려지는 것들의 장례식장이다
플라스틱 비닐 캔 스티로폼 박스
풍상을 겪어 찌그러지고 구겨진
시간의 흔적이 뒤섞여 있는 몰골들,
햇빛이 침묵 속에서 의식을 치룬다
문상을 왔다가 발이 묶였는지
파리와 벌이 소리 없이 부산하다
바람이 성호를 그으며 지나가는 밤이면
허기진 고양이가 찾아와 울기도 한다
여기는 햇빛의 구역,
한때는 나무의 뿌리가 뻗어 온 곳이기도 하다
은빛자작나무가 손님을 맞이하며 서 있었지만
한 번도 애도를 표한 적이 없다
손에 든 것을 마대자루에 던져놓고
문상을 마친 듯 돌아선다
버려진 것들의 일부는 땅에 묻히고
일부는 또 버려지기 위해
다시 돌아오는 수거함 같은 장례식장
분리수거를 하는 시간이 다가오는 초초해지는 오후,
또 한 사람이 버릴 것이 가득한
바구니를 들고 들어선다,

공중전화

은행나무 사거리에는
아무도 찾지 않는
유리로 된 집이 있다

한때 사랑에 애타던 사람들이
문 앞에서 서성이던 곳
그 집에 들렀던 사람이라면
눈물 한쪽 분량쯤 되는 기억을
넘기고 있을 텐데
딸깍이던 소리에 조바심 내면서
수화기 너머로 주고받던 무수한 사연은
푸른 은행나무 길을 휘돌아나간 바람처럼
여러 번 새잎이 돋아도
돌아오지 않는다

잊혀진다는 것은
혼자 조용히 그리움을 삭히는 것
빗장을 닫아걸고
덧없이 시간을 보내는 것일까

은행나무 사거리 빵집 앞에는
아직도 유리로 만든 집이 있다

오랜 말

활을 잘 만드는 장인이 있었다
활대부터 시위를 걸 때까지
활이 완성되기 전에는
일체의 말도 하지 않았다
활이 굵다 짧다 하는 소문이
담 너머로 들려와도
그는 활대만 반듯하게 깎았다
화살이 무디다거나 비아냥거려도
시위를 늘 중심에 두었다
그래서 그가 만든 활은
항상 과녁을 관통하였다
시위를 떠난 화살 같이
돌아올 수 없는 그의 오랜 묵언
활로 말을 잘 맞히는
장인이 있었다

가을비

화양강 휴게소에서
주인을 기다리던 반려견의 눈빛이
나를 붙잡고 놓아주지 않았던
지난여름, 되돌아보니
칸나로 붉게 뚝뚝 떨어진다

뜨거웠던 것은 한 번씩은 흐느끼며
떠나가나 보다

뚝뚝 떨어져 가나 보다

나무의 길

나무에도 길이 있다.
마디마디 박힌 옹이를 지나
햇빛을 따라 애벌레가 지나간 길
나무가 마지막 숨을 쉬듯 우듬지까지 밀어 올린 길
지상에서 천상으로 허공을 점령하며
웃자란 가지를 뻗어 넓힌 길
뿌리와 가지가 뻗을 때마다
잎들이 떨어져 새로 만든 길
어떤 날은 국경처럼 막혀버린
콘크리트 벽의 길에 서서
걸어온 길을 되돌아본다.
한 뼘 돋으면 길 끝이 보일 것 같아
오랫동안 제자리에 서 있어도
허공의 길만 골짜기에 가 닿는다
늘어진 숲의 길가로
되돌아오던 발걸음에 밟히는
그림자 같은 나무의 길
나뭇잎들이 길을 닦으며 떨어진다

가난한 밥때

혼자 밥을 먹는다
텔레비전에서 눈만 커다란 아이가
온몸에 파리가 붙은 앙상한 아이가,
밥을 먹는 나를 빤히 쳐다 본다
때늦은 밥을 나는 허기도 없이 먹는데
겨우 얻어온 바나나 한 개로
동생과 허기를 나누는 아이의 까만 눈이
다른 먼 세계를 비춰주는 렌즈 같다
아이의 눈물에 내 눈물을 섞어
밥을 말아 먹는다
월 삼만 원이면 아이가 매일 한 끼라도
밥을 먹을 수 있다는 자막이 나온다.
밥이 목에 걸려 숟가락을 놓고
눈물을 닦으며 누르는 전화기 버튼
그러나 전화번호는 자막으로만 지나가고
나의 손가락은 아이의 입 앞에서
버튼 누르는 것을 잊은 듯이 멈춘다
바나나로 동생과 허기를 달래는 아이에게
월 삼만 원을 스콜처럼 시원하게 적셔주지 못하는
내 안의 가난한 마음이
변명으로 궁색해지는 밥때,
배고픈 얼굴로 집을 들어서는

아이의 밥때도 가난해서
가난한 마음으로 채널을 돌린다

달팽이 전철

전철에는 달팽이가 앉아 있어요
모두가 같은 모양의 수신기를 차고
외계로부터 전파를 받아
스마트 속으로 스마트하게 접속해요
두리번거리며 총을 쏘고 있는
젊은 눈과 마주쳤어요
눈길을 돌려
같은 종족이라는 표시로
깊숙이 넣어둔 무전기를 꺼내
만지작거립니다

내가 지구 밖으로 떨어져 나와
이 전철 안에 있는 걸까요
낯선 것들이 펼쳐져 있어서
정복당한 것인지도 모르겠습니다
어색한 표정으로 순간이동이
빨리 되기를 기다리고 있어요
어디가 종착지일까요
첫 사람
첫 눈빛이 그리워져서
휴대폰을 눌러
따뜻한 고향으로 전화를 하고 싶은
여기는 어디일까요

애월 소나타

달이 물속에 집을 짓는다
달그림자에 가려진 소문이
밤마다 와 닿아 술렁거리는 해안선

물빛에 흔들리는 달의 집
애월에 달이 뜰 때마다
음계를 타는 달맞이꽃

파도에 떠도는 달
달빛이 노를 젓는 밤이면
전설 같은 노래가 뭍으로 기어오르는
애월의 소나타

길을 잃은 바람이
달의 집으로 악보를 던져 넣는다

사과

맛있어 보여도 때로는
먹히지 않는 사과가 있다
먹지 못하고 만지작거리다
보이지 않는 곳에 두고
잊어버리고 싶을 때가 있다

당신이 내민 것이 그랬다
햇살이 들어오는 날 꺼내어 보니 군데군데 멍이 들어
먹기에는 이미 늦어버린 사과가 되었다

처음 매끄럽게 윤이 나던 모습에
잠깐 눈이 촉촉해지기도 했으나
당신에게 기울고 있는 쪽은
오래지 않아 쉽게 변하였다

살다 보면 뒤쪽이 더 진실일 때가 있다
그것은 주고받는 것이 아니라
당신처럼 내 가슴에 와닿는 순간에
잘 보이는 것이 있다

오래 된다는 것

나이를 먹고 산다
세상 모든 것들은 나이가 들어가는 중이다
오래 묵은 것 익숙해진 것들이
켜켜이 쌓여가는 세월은 그대로 화석이 된다
거울 속의 빛바랜 모습은
한 소절씩 앓는 소리를 내며
덤덤하게 돌아가는 선풍기 같다
내 이름을 다정히 불러주는 벗과
엘피판에 세든 비틀즈 노래를 들으며
천천히 가고 싶은 것은 두고두고
당신에게 할 이야깃거리가 많아서는 아닌지,
오래 된다는 것은 사색하며
점점 고요해지는 것인지도,
마음은 젖어 드는 날이 많고
그때가 좋았다며
지나간 생각에 오후 서쪽 하늘 같은 웃음을
짓게 되는 것은 아닌지,

감국을 따던 날

잠든 듯 고요한
길 위에 앉아
햇볕의 끝을 따 모은다
정적을 깨고
지는 계절 위로 향불처럼 퍼져가는 향기
놀란 숲이 더 노래져간다
잠시 왔다 가는 길목이라
이토록 향기로운 것일까
향기로 여러 번
헹구어 내어
마음 깊은 곳에
널어놓고 바라보니
맑게 물든 내가 보인다
살아간다는 것은 소소해서
꽃이 바람에 흔들리는
것이거나
내가 향기에 흔들리는 것이다

수족관

수평선 너머를 꿈꾸는
물고기가 있다
사방이 벽으로 이루어진 세상,
나가는 길은 언제나 제 자리였다

바다로 통하는 길을 잃었다
열린 하늘은 하나뿐인 세상과의 소통
그곳으로 드나들던 잔잔한 바람은
먼 곳의 이야기를 실어다 주고는 했다
폭풍을 불러내거나
강 하나쯤은 안아줄 수 있는
바다를 꿈꾸는 동안에도
머물러 있는 시간은
물 위에서 흔들렸다

나른해진 그녀가
남태평양을 건져 올리는 오후
잊어버린 심해가 수초 속에 감기고
물결이 밀려와 등지느러미를 어루만졌다

그때마다 햇빛이 한 움큼씩 쏟아지고
그녀의 일상이 수족관 속에서 몸을 뒤척였다

발버둥 치다

타루스 계곡에는 천적 관계인
독수리와 두루미가 살고 있다

잡아먹으려고 발버둥을 치는 독수리
먹히지 않으려고 발버둥 치는 두루미

한시도 발버둥 칠 수밖에는 없는 두루미
발버둥을 칠 때면 자갈을 입에 물어
명치 끝에 울음을 감춘다

계곡의 바위처럼 견고한 발버둥과 적막
발버둥의 힘에 견디지 못하고 입을 열면
주문처럼 해제된 울음이 독수리 귀에 가 닿는다

발버둥 덫에 걸려든 소리
독수리의 발버둥이
두루미의 발버둥을 긴장하게 한다

열대야

어둠으로 위장한 사막의 바람이다

밤은 점령한 도시 곳곳에
비릿한 바다 냄새를 뿌려 놓는다

눅눅한 몸을 이끌고
빼앗긴 잠을 찾아다니는 사람들

어쩌다 선잠을 자다 깨어나면
사막 중심에서 뜨거운 바람이 불어온다

잠에 취한 집에서 잠 투정하는
아이의 끈적한 울음소리

열섬에 갇힌 도시의 사람들은
모두 몽유병을 앓는다

헐겁게 돌아가는 선풍기처럼
덜덜거리며 불안하고 지루한 밤

터미널에서

디젤 냄새가 먼저 와 있는
터미널 대합실에 앉아
창문에 기대 졸고 있는 햇살을 기다린다

각자 양손에 들었을 추만큼
무겁거나 가벼운 발걸음들
방금 태백 버스에서 내린 키 작은 할머니는
태백산맥 줄기라도 끌고 왔는지
고개 내민 더덕향이
할머니 그림자처럼 뒤를 따른다

몇 해 전 차표를 끊어 먼 길 떠난 외할머니
지금쯤 허공 어느 터미널에 잘 도착했는지
별빛에게 모르스부호라도 쳐볼까
그러면 깜박거리며 답신을 보내 줄까
꿈결인 듯 누군가 툭,

어깨를 건드린다

때를 놓치다

손아귀에서 스르르 빠져나갔던 지난날들
다시 손바닥으로 퍼 올려 애써 꿈을 꾸어 보았지만
때가 지났다고 했다

너는 나에게 열정 없는 시간을 주고 떠났다
뒤 한번 바라보는 일 없이
점점 멀리,
끝자락만 보이며 매몰차게 사라져갔다

더 늦지 않게 잡아보려 했지만
매번 너는 잡히지 않는 지점에 가 있었다
버려두고
외면하고
쫓으려 하지만 성큼 저만큼 또 멀어졌던 순간들

움켜쥐지 못한 때의 얼룩이
오랫동안 마음 한켠에 갇혀있었다

춘분

꽃 무리 속살거리는 날에
봄볕에서 쪼그리고 앉아 있는 사람을
서울역을 지나다 언뜻 스쳤다
지난 겨울의 공허한 눈빛을 떠올리는 것은
빛바랜 흑백사진처럼 보였던 그에게도
한 움큼의 빛이 내려지고 있었다
그늘진 틈 사이로 난 햇살 위를
길 삼아 겨울을 건너
꽃망울이 터져 올랐다
봄까치꽃도 어둠 속에서 웅크리다 피어나니
그의 봄도 조금씩 꽃피며 따뜻해지는 날이었다

밥

이른 아침
엄마의 상기된 목소리가
전화선을 타고 왔다
아침을 거르고 학교에 가버린 외손녀가 목에 걸렸는지
자꾸 마른 기침을 한다

한 끼 굶는다고 어떻게 되는 것은 아니라고
말은 했지만
엄마는 밥 먹는 것에 공을 들인다
끼니 때마다 따뜻한 밥을 하고 상을 차리는 일은
예술가가 도자기를 빚거나 그림을 그리는 것이다

몇 해 전 밥을 맛있게 먹어주던
엄마의 막내아들이 밤하늘에 제 눈빛 닮은
별 하나 남겨두고 떠났다
그때도 아무런 말 없이 밥을 했다

밥은 소통이다
밥 한 끼가 누군가에게는 하고 싶은 이야기다
사랑한다는 말보다 더 간절한 것이
밥에 담겨 있다

도시 나무

우듬지가 잘려 나간 채
건물 앞 길가에서
웅크려 노숙하고 있는
나무,

지문이 사라져버린
발등으로 뻗어 있는 굵은 힘줄을 보며
가지마다 초록은
찬란했을 거라고 유추해 본다

누가 나무의 시간을 가져갔을까

직박구리와 참새와 나비 애벌레가 떠나
혼자가 되어버린 나무는
같이 가야 할 천 길을 열어주고 싶다고
제발 내 곁을 떠나지 말라고
제 상처를 만지며 눈물로 애원한다

폭우가 스쳐 가자
여러 겹의 잎들이
잔가지를 다시 뿜어내는지
나무 우듬지가 들썩거린다

능소화 핀 집

버스에서 내리면 세븐마트가 보일 거야
거기서 꼭 여름과 1시 방향으로 가야 해
길이 여러 갈래라 헷갈릴 수 있거든
허리의 각도는 살짝 언덕으로 하고
10분의 시간만 건너면 당도할 거야
낮은 집들만 있으니 하늘이 넓어 좋아
그래, 햇빛을 따라가면 되겠지
파란 대문 집을 지날 때는 아마 개 짖는 소리가 들릴거야
만약 조용하다면 낮잠에 빠졌거나
주인을 따라 산책이라도 갔겠지
건넛집 옥상에는 오늘도 빨래가 널려 있을 거야
빨랫줄에 새하얀 옷들이 구름이 지나다
걸린 줄 알았다니까
그곳을 지나면 두 개의 골목이 나타날 거야
거기 서서 가슴을 펴고 크게 호흡을 해봐
꽃향기가 마중 나와 있을 테니까
향기를 따라가다 보면
햇빛 한 조각 머금은
연 선홍 능소화 기다리고 있을 거야

지금도 가면
능소화 담장 너머로
고개 내밀고 기다리겠지

어떤 처방전

두통은
중심에서 생기었단다
약국에서 디아제팜 들어간
편두통약을 준다
왜 그러느냐고 물으니
생각 뭉치 때문이라고 한다
그것을 미련 없이 버려야 한다고 한다

중심이 아프면 곁가지까지 흔들린다
때론 꺾기기도 한다.
거친 바람을 맞거나
이기지 못할 눈비를 맞을 때
그 역할은 무엇보다 중요하다

하지만
중심을 잡아주는 약은 없다
그것은 마음에 있기 때문이다
그때는 스스로 생각을 비우는 일에만
몰두해야 한다

단풍

감추어야 할 말이 붉어져
물들어 있는 그녀 곁으로
수덕사 풍경소리가 달아오른다

'스님도 단풍 구경하세요'
슬그머니 물었더니
스스로가 단풍나무라고
바람에 말을 비우는 미소

한 남자를 사랑하여
아내도 되고
엄마도 되어
백 년쯤,
아니 십 년쯤이라도 살아갈 꿈 품었다고,

눈보라 지나 천둥소리에 끄떡없이
무릎 꿇고 합장했던 슬픔이 몸살에 스며
잎잎이 뜨거워져 오는데

오는 길 돌아보니
멀리서 혼신을 다해 손 흔들고 있는
단풍나무 한 그루

2부

낮잠

책 속 글자를 따라나섰다가
난독에 걸려 선잠이 든 한낮
졸음에 눌린 글자들이
잠에서 깨어나려고 아우성이다

몇 번 고개를 흔들어 억지 실눈을 떠도
이내 다시 난독에 빠진다
허공을 디딘 윗집 발자국이
책 위에 얹힌 손을 밟았는지
마당 배롱나무에 앉은
새의 울음소리로 저려온다

책 속 글귀를 따라가다가
난독의 문장에 걸려 잠이 깬 한낮
낮잠이 잠꼬대를 한다

하현달

달맞이꽃은
달을 갉아먹으며
한밤에도 조금씩 부푼다
점점 부풀어 오르더니
칠월의 아침에
여기저기서 노랗게 뜬다
이슬이 살아나는 새벽
언뜻 보이는 반쪽이 된 달.

암표

슬그머니 미끼를 던지는 남자
아라비아 사막의 바람 같은 언어가
귓가를 지날 때
예매가 되지 않은 듯
애매하게,
불온한 밀어로 다가온다
언뜻 그의 눈썹사이 깊은 주름이 움직이며
모래바람처럼 퍼지는 말소리
표 있어요
싸게 드릴게
싸다는 미끼에 입질을 한다

미늘에 걸린 물고기가 휘청거리는 저녁이다

시

너에게 가는 길
찔레꽃 넝쿨 우거져
보고 싶어도
찾아갈 수 없고
가물가물 떠오르는 모습
가슴 언저리만 찌르고 있다

흔적들은
아쉬움만 쌓이게 하고
적어둔 노트에는
슬픔의 자욱이 번진다.

잡힐 뜻 잡히지 않는
찔레꽃 넝쿨 너머 너의 모습
너를 놓아주지 못하는 것은
참 많이 너를 사랑하는 까닭이다
너에게 길들어 있기 때문이다

벚꽃사진관

벚꽃이 지고 사진 한 장으로 남은 여자
벚꽃 사진을 찍다 사진관까지 들어섰다
뒤따라 들어온 봄날의 늦은 빛이
사진관 구석구석에 벚꽃을 흩뿌려 놓았다
유리에 얼굴을 갖다 댄 자국에도
오래전 벚나무처럼 꽃망울이 맺혔다
계절이 바뀌어도 벚꽃이 지지 않는 사진관
벽에 걸린 여자가 흔들리며 웃고 있었다
벚나무 가지도 흔들리며 유리창을 두드렸다
벚꽃이 지고 봄날의 웃음으로 남은 여자

느리실 마을

홍성쯤에서 만난 느리실 마을
돌에 이름을 새기듯
천천히 지나가라고
바람도 들판을 돌다 멈춘다
조금은 더딘 발길에
어둠이 가장 나중 찾아와
오래도록 동구에 서 있다
어두워진 들길을 느리게 걸어도
아무도 역성내지 않을 사람들
느리실이라고 나직이 부르면
앞천에 흐르는 개울소리로
천천히 답할 것 같아
빠르게 지나칠 수도 없이
자늑자늑 느리게 걸어보는
느리실 마을

문턱

모호한 너의 지점
안과 밖의 경계 어디쯤
이도 저도 아닌,
따듯함과 차가움의
그 선에서
한쪽으로 넘어가는 이탈은
다른 공간으로의 이동이 되고
거기서 문을 닫으면
한 세계와의 단절
다른 생각을 하고 사는
너와 나
매일 매일 그 경계를 넘나든다

개망초

이름 앞에 개자는 붙이지 말아요
잔잔하고 향기롭다 말하지 않아도
꽃으로 불리고 싶어요
개자가 들어가는 순간
시선이 바뀌고 말아요
천덕꾸러기가 되어버리고 말아요
세상에 태어난 것 중에
의미가 없는 것은 아무것도 없어요
편견으로 바라보지 말아요
보이는 것이 전부라 생각하지도 말아요
보이지 않는 것까지 다 볼 수 없다면
그냥 꽃이라 불러요
그래도 내 이름 앞에
개자를 붙이지 말아요

설거지

그릇을 조율하는 그녀
기분에 따라 소리도 다릅니다
높은 음표 시
낮은 플랫 파
사이사이 허밍을 넣어 줍니다
고음이 길게 울리는 날에는
한숨이 쉼표처럼 찍힙니다
부드럽게
날카롭게
아다지오로 안단테로
하얀 면 수건에 물방울 맑게 감길 때가지

그녀가
물소리도 찰방찰방
악기를 조율합니다

입춘

찬비가 내린다
붉은 장미를 사 들고 그에게 간다

꽃처럼 향기롭게 잘 웃던 그가
1층 병실 끝 볕이 잘 들지 않는 방에 누워 있다

한때는 새벽 초침 소리처럼 밝았던 그가
지금은 겨울 저녁 같이 흐리다

의사는 이따금 와
차가운 손을 이마에 대곤
어제 했던 같은 말을 되풀이하고 돌아간다

알코올 솜 냄새가 장미의 향기를 덮은 병실
그래도 어디서 봄이 오고 있는지
장미 향기가 조금씩 풀썩거린다

부부

매실을 발효하기 위해서는
비율이 중요하다
서로 맞지 않으면
어느 한쪽의 맛이 강해져 시거나 달아
좋은 맛을 기대할 수 없다
당신과 내가 맞추어 살 때
비로소 행복한 것이다
서로가 서로에게 스며들어
누구도 아닌 우리가 되는 것
생이 발효가 잘되어 가는 순간이다

너도 바람꽃 나도 바람꽃

이런 이름들을 가진 꽃은
왜 아스라이 먼 곳에서
피는 걸까

만난 적은 없어도
한 번은 무심히 스친 것만 같아
물푸레나무 서 있는 산 길목을
자꾸 뒤돌아본다

너도 바람꽃
나도 바람꽃
너와 나의 거리만큼
먼 기억이 되살아나

바람과 바람의 이름으로
잊혀진 나그네의 모습처럼
너는 꽃잎에 나는 그 무엇에
쓸쓸히 새겨지는

너도 바람꽃
나도 바람꽃

양팔 저울

양팔 저울이 되고 싶었어요
높고 낮음이 없도록
누군가의 마음을 헤아려
이쪽도 저쪽도 아닌 평행을 만들려고 했어요

그러고 보니 한 번도
당신 마음을 헤아려 본 적이 없네요
겉으로는 평등을 말하면서
받기만을 고집했을 때
무거움에 아래로만
내려앉았을 당신은 깊었고
나는 가벼웠던 것일까요

달빛마을

달빛마을이라고 소인이 찍힌
소포를 받았다
그곳에 아는 사람이 있었는지
기억을 더듬어 보았으나 생각나지 않았다
지금도 계수나무가 자라고
보름에 한 번쯤은 동그랗게 모여
여전히 축제를 열고 있는,

달빛마을에 사는 토끼와 사람을 그리워하다
선잠이 들어 계수나무 향기가
가로수길을 따라오는 긴 꿈을 꾸기도 하였다
하늘 가운데서 빛나는 달빛만큼
주위의 짙은 명암을 가리고
한 생애가 은하계를 건너갔다
빛마저 희미해져 이제는 누구도
토끼의 전설을 믿지 않을 즈음
달빛을 탄 집배원이 전해주는
은하의 냄새가 밴 소포

그늘

앞만 보고 걷다 돌부리에 걸려 넘어졌다
피가 맺힌 상처 잊고 일어서려는데
낮은 곳에서 나를 빤히 보는 노란 금잔화,
남의 속도 모르고 웃고 있다
가만히 보니 누군가 밟았는지 짧은 꽃대가 휘고 꺾여 있다
유독 환한 모습의 뒷면은 아픔을 숨기고 있다
앞만 보고 가다 보면
어두운 곳을 놓칠 때가 있다

추秋상想

자투리땅에 호박씨 몇 알 심었다
보살펴 준 것도 아닌데 저희끼리 새순을 피었다
그중 하나가 옆에 있는 전봇대를 타고 올라갔다
한 번도 천적을 만나지 못했던 호박,
허공이 천적인 것을 알 때쯤
생이 전봇줄 위에 매달려있는 것을 알았다
내 삶의 어느 뿌리도 넝쿨처럼 무심히 앞으로만 나아가
아슬아슬한 삶을 살고 있는지도 모른다
삶이란 내가 내 삶의 넝쿨과 함께 뻗어나가는 것이다

쇼윈도에 사는 사람

드라마 속 비련의 여주인공같이
가녀린 그녀 감추어줄
한 다발의 백합꽃과 예쁜 디저트
사진으로 남기는 그녀의 일상은 언제나
나, 이렇게 행복해요,
좋아요를 눌러주세요
웃음으로 쉼표를 찍는 포장된 하루의 끈을 풀면
그림자가 웅크리고 숨어있지

유리 속에 서 있는 그녀
온 힘을 다해 보일 듯 말 듯 미소 짓고 있었지
뚫어지게 바라보는 눈길들 애써 피하며
향하던 허공은 그냥 허공일 뿐이었지

어떤 것이 나인지 잊어버리고만
보여줘야 살 수 있는 그녀,
좋아요가 많아질수록 행복 지수가 올라간다고 굳게 믿고
내가 나인지 모르며
쇼윈도에 갇혀버리고 만 비련의 여주인공이었지

삼월

콘크리트 담장 아래서
아가를 가슴에 안고 잡다한 물건을
팔고 있는 여인
겨울을 깨고 온 아가의 반짝이는 눈이
여인의 얼굴을 더듬는다

겨울의 우수리를 어깨에 얹은 채
갈 길을 재촉하는 사람들
해 질 무렵 발그레해진 꽃샘추위가
아가의 볼에 물든다

아무도 물건값을 흥정하지 않은데
엄마의 우물 같은 눈 속
아가가 연신 웃는다

보도블록 틈 사이로 살포시 내미는
민들레 손을 잡아주며
아가의 손가락에 걸리는 봄바람 한 자락이
따뜻하게 불어간다

카페 포엠에서

시를 주으려 했으나
시만 잃고 왔다

급히 마시다가
목에 걸린 사래

모래알이 바람을 타고 와
카페를 기웃거렸다

바다 냄새에 젖은 듯
시가 파랗게 질렸다

엉성하게 쓴 시를
자꾸 지우는 파도

너울처럼 둥둥 떠다니는
바다가 써 내려간 은빛 손글씨

갈매기가 시를 물고
허공으로 날아가 버렸다

산목련, 비밀을 듣다

그녀가 예고도 없이
단단히 뭉친 말씨를 뱉어냈다

그날 이후
누군가를 만날 때면
먹지 말아야 할 것을 먹은 것처럼
다시 뱉어내고 싶은 게 있었다

내 의지와는 달리 삼켜버린 그 말씨가
입 밖으로 역주행할 것 같아
산목련 얼굴빛도 하얘졌다

오랫동안 그녀가 품고 있다가 흘린 것이
내 마음 어디쯤서 싹이 터 올라오는지
자꾸 목이 간지러웠다

산목련도 입이 가려운지
바람에 헛기침을 했다

그녀에게는 내가 깊은 산골짝
어쩌면 산목련 쯤으로 보였던 거다
저 홀로 피었다가

저 홀로 말없이 지는,

들은 비밀이 시시하고 싱거운지
보름달이 귀를 갖다 대면
산목련은 희죽희죽 웃으며 더 하얘졌다

조용한 위로

선인장을 보고 있으면
위로를 받는 것 같아요
힘들어하지 말라고,
스스로 상처를 뚫고
가시를 만들어 살아가는 자기를 봐달라고,
천 가지의 아픔으로
꽃을 피워냈을
고요한 인내가
내 슬픈 마음을 다독이는 것만 같아요

감시카메라

팻말이 텃밭을 지킨다
주인이 지켜보고 있음
농약 뿌렸음, 같은
말보다 더 마음이 흔들린다
엘리베이터에 있던 것이
이제는 산 중턱까지 올라와
지나가는 이들을 감시한다
남의 것을 탐하지 않은 사람마저
감시자와 눈이 마주치는 순간
무슨 죄나 지은 듯 발걸음을 재촉한다
감시를 당하는 일은
죄를 짓지 않고도
내가 움찔하게 되는 것.
감시를 하는 것은
일어날 수 있는 일 방지하기 위해서라
포장은 했지만,
결국 믿지 못하겠다는 것이다
때로는 상처가 된다 해도
어디서라도 감시하고
감시당하는 불신의 벽
허물 수 없어
지금도 누군가가 나를 지켜본다

3부

주인 잃은 전화

누가 오지도 않을 전화기를
감나무에 놓고 갔을까

오랫동안 녹슬지 않는 사람이 있어
전화기를 조심스럽게 귀에 대어본다
지우려 해도 지워지지 않던 숫자가 늘어날 때마다
심장 소리는 더 빨라진다
이승과 저승의 경계가 허물어져
신호음이 울릴 것 같다
기억의 저편에서
전화를 받을까 봐
그래서
전하지 못한 말 하게 될까 봐
차마 끝까지 번호를 누르지 못한다

가을의 전화는 받는 게 늦어
발자국마다 나뭇잎 바스락대는 소리
웅크리고 있는 무덤 앞에
퉁퉁 불은 감 몇 개 놓고 기도한다

맛을 잃어버리다

음식마다 짜다고 하는 엄마

철부지 막내를 먼저 보내고
단 것 좋아하던 아들에게
가진 것 다 내어 주면서부터
엄마의 입은 소금밭이 되었다

음식 타박 한 번 안 하고
엄마가 만든 음식을 맛있게 먹어주던 막내
짠맛만 가지고 살아가는 것이 힘들다며
점점 야위어 가는 엄마

쉽게 비워지지 않는 냉장고
눈물로 절여진 가슴에서
비릿한 냄새가 났다
소금꽃이 웃자랄수록
단맛이 사무치게 그립다는 엄마

엄마가 맛을 잃어버렸다

배롱꽃 닮은 여자

그녀는 저편
나는 이편에서
냄새를 맡으며 탐색한다
층수를 더듬어 올라가는 동안
배롱꽃 닮은 여자는 언제나처럼
눈을 수직의 허공에서 머문다
입술은 한 번도 피지 않은 꽃봉오리,
내 인사는 붉어져 몇 번의 낙화 후에
더 피지 않는다
그녀와 나의 침묵의 무게 잊기 위해
혼자 허밍하는 엘리베이터
꾹 다문 입술은
필
듯
필
듯
피지 못하고
말문보다 엘리베이터 문이 먼저 열린다

수화

목련나무 아래서
소녀 둘이
손으로 봄을 이야기 한다

겨울에서 풀려난 꽃은
순백의 빛깔로
그 여린 손에서 다시 피어난다

찬바람이 헤적일 때
소리는 가라앉고
말들은 더 침묵하고,

다만 그 깊은 눈동자에 핀
하얀 봄날

목련꽃 몽글몽글 피어나듯 고요히
오래도록 그들의 이야기는 이어진다

명자꽃

약수동 언덕배기 층계에 앉은 별을
제 가슴 한 아름 소중히 안고 있다
동트면
어둠 같다며
웅크리고 울던 명자
꽃망울 붉게붉게 글썽이는 봄날에
손목을 물어뜯어 별이 된 명자가
여전히
울고 있는지
명자꽃이 흔들린다

낮달

나비가 달에 닿을 즈음에야
잊을 수 있을까
그대 생각을 하다가
길을 잘못 들어
낮 동안 내내,
얼굴이 창백해졌다

인연

누군가는 떠나고
누군가는 돌아온다

나를 기다리는 듯
만들어 놓은 길
누군가의
체온
웃음소리
기침 소리가 쌓이고 쌓여
만들어진 길
한 사람이 길 밖으로 떠나고
한 사람이
길 안으로 들어와 옷깃이 스치면
그것을 인연이라 부르기도 한다

무화과

한 번쯤 활짝 피어나
설렘의 순간을 줄 만도 한데
한마디 말 내뱉지 못하고
끝끝내 입을 다문 채
붉게 사그라진 너
못다 한 말이 있는지
네 안의 보석 알 같은
실타래
한 올 한 올 풀다 풀다
영영 피어나지 못한
꽃이여
봉오리 활짝 피지 못하고
꽃 빛 그대로 간직한 채
이른 새벽 고요 속으로
길을 떠난 동생의
눈물방울

형용사

꽃잎보다 향기로운 당신
아마란타인* 같은
당신의 눈 깊어서
터를 잡고 살게 된다면 헤어나지는 못하겠어요
이미 당신의 눈 속에 살고 있나 봐요
바람이 눈썹을 스칠 때나
뺨에 햇빛이 머물 때도
저절로 내가 깜박이거나 발그레해지는 것이,
웃는 것도
눈물 흘리는 것도
당신에게 달려있어요

그가 말했다

* 한 번 피면 지지 않는 상상의 꽃

오래된 시계

오래되어 손을 타야 가는 시계
부모는 쉬지 않고 태엽을 감아줬다
우리는 돌아가는 시계추로
째깍거리며 살았다
어머니가 손을 다친 뒤로 벽장 속에서
잊혀져가는 숫자를 붙잡고 있는 시계
어머니는 이제 태엽을 감지 않겠다고 했다
시계의 바늘은 멈추었지만
우리의 생은 돌아갔다
밥을 제때 먹지 못한 시계는 뒤틀리고
어머니도 점점 여위어 갔다
우리는 기억 속에다 선을 하나씩 그으며
금기어처럼 마음속에만
슬픈 선율을 하나씩 새기었다
어느 한순간에 멈추어버린 시간을 끄집어내어
보내고 난 후
새로운 날을 맞이할 수 있다고 말은 하지만
어떤 것은 보내고 싶어도
보내지지 않는 것이 있다
멈추어버린 시계의 톱니바퀴를 되돌려서라도
붙들고 싶은 생이 있다

엘리제를 위한 기억

넝쿨장미 담장 너머로 붉게 핀 그대의 집
그대 보려다가 인기척에
공연히 장미만 만지작거렸네
운이 좋은 날이면
그대가 치던 피아노 선율이 담장 너머까지 마중 나와
내 서성이는 발걸음을 멈추게 하였네
엘리제를 위하여가 들려오는 그대의 집을 지날 때면
꽃보다 붉게 물든 얼굴
그렇게 그대는 엘리제처럼 건반을 타듯
나에게 다가왔네
어쩌다 눈길이 닿는 날이면
공연히 따온 장미꽃잎이
책갈피 사이에서 한숨처럼
겹겹이 쌓여갔다네
이제 그 노래는 들을 길 없고
빛바랜 꽃잎만이 남아
아직도 못다 한 말들이 들리는 듯하네
오월이면 넝쿨장미처럼 환하게
떠오르는 꽃빛 기억

유달산의 봄 학교

학교 종이 땡땡 땡
먼저 온 목련, 개나리 벚꽃 진달래 동백까지
어깨동무하고
겨울방학이 너무 길었다며
저희끼리만 알아듣게 소곤거리며 모여든다
긴 방학 동안 변하지 않고 돌아오는 꽃들,

찬바람에 많던 머리카락 지고
성근 백발이 된 아버지
학교 운동장의 아이들이 꽃으로 피어
꽃으로 져간다며 개나리처럼 흔들리며 웃는다
옆에 있던 동백도 붉게 웃는다

아직 끝나기는 이른 시간인데
아까부터 창문 앞에서 학교가 파하기를
기다리고 있는 벚나무
꽃잎 날리며 기웃기웃
먼 바람결에 들려오는
학교 종이 땡땡땡

아버지의 밥

어머니의 늦가을이 울긋불긋 단풍이 들어
병원에 가는 일이 잦아들면서
아버지가 밥상을 차리는 일이 생겼다

한 번도 밥물을 손금으로 재어 보지 않았던 아버지
삶의 마디에 굴곡진 한이 밥물에 스며들어
쌀을 씻어 두세 번째 마디까지 물을 붓고 했다는데
막 볶아낸 참깨처럼 하얀 밥이 탱글탱글했다고,
어머니의 늦가을이 붉어져 왔는지
내 가슴이 시리게도 화끈거렸다

누추해진 아버지가
모퉁이를 돌며 서늘한 늦가을을 잊으려는지
휘파람을 불었다

찔레꽃

엄마는 사금파리처럼 빛나는 스물에 결혼했다
냉이꽃 닮은 딸 넷
멧새 같은 남자애 하나를 두었다

딸 하나는 봄날에 피지 못했고
남자애는 날아가 버리고 말았다
엄마가 가시에 찔린 채 피운 꽃
유월의 그늘같이
눈물에 바람 자락 섞어
온 힘을 다해 피는 꽃
웃어도 웃는 것 같지 않고
어둠이 찾아오면
베갯잇을 적이며
달빛울음 터뜨리며 피는 꽃

그 꽃 이름을 가만히 불러보면
눈물이 났다

오얏꽃 질 무렵

흰 꽃잎 떨어져 흩어졌다
그립다는 말
바람이 전하던 그 말
못 들은 척했지만
순간 가슴 한켠이 뻐근해졌다

나도 그립다
혼잣말하다가
꾹꾹 눌러 쓴 말
혹시 바람이 전하여 줄까
꽃진 자리에
소식이라도 오려나

그대인가
기울이며 꽃 지는 모습
하염없이, 쳐다보았다

아시나요
오얏꽃 거의 져
우리 꽃피던 시절이 점점
아득해져 가고 있다는 것을

남매

누군가 누나는
엄마 플러스알파라고
말했을 때 눈물이 났다
나에게 유일하게 누나라고 불러주던 동생
지금은 은사시나무
한그루로 잠들고,
나뭇잎 날리는 밤마다
누나를 부르며 떨었다

기억

생각에 잠기는 것은
내가 과거로 가
창고에 쌓여있는 뿌옇게 앉은 먼지를 털어내고
들춰내는 일
기억은 슬픔을 먹고 사는 것인지
새벽안개처럼 차고 쓸쓸하다
청춘을 감싸고 다니던
소매가 닳아버린 붉은 외투는 옛집에 머물고
지금 내가 안단테로 살아가고 싶은 것을
당신에게 할 이야기는 아니지만
허전한 가슴은 늘 무엇에 축축이 젖고
가만히 떠오르는
기억을 잘 염장했는지
이젠 밉지가 않다

기다림의 속들

점점 깊어지는 한숨
빛이 바랜 채
스스로가 깊은 우물이 되는 것이다

숲길 들국화에 바람이 살짝 스치기만 하여도
가슴이 서늘해지는 것이다

작은 소리의 음파가 귓속을 파고들면
가슴은 점점 타들어 가는 것이다

바람만이 지나는 길목
들꽃이 되어
일생을 보내는 것이다

마음은 평택역에서 내리다

기차가 멈출 때
나도 모르게 일어나려 했지
여기서 내리면 너를 만날 수 있을 것 같아,
역 앞 호텔캘리포니아가 흘러나오던 다방은
아직 너와 나를 기다리고 있겠지
슬며시 카페로 이름을 바꾸고 난 뒤
한 잔 커피에 시칠리아노라도 녹아
흐르고 있을지도 몰라
그곳에 앉아 있으면 시간의 아득한 다리를 건너온
큰 키의 네가 햇빛을 가득 어깨에 얹고
문을 열고 들어설 것 같았지
서쪽으로 난 창가에 앉아
과거를 마주하고 기다려볼까도 했지
벌써 기차에서 내려버린 마음은
한동안 멀리 먼저 길을 나섰지

바람꽃 마을

바람을 따라나섰다가
점으로 지도에 표기된 마을에 닿았다
겨울을 헤치고
마을 혼자 바람꽃을 키우고 있었다
바람꽃의 아버지는
하늬바람이었을까
서풍부였을까
마을은 묵묵부답하였다
부평처럼 떠돌던 말이
귓가에 와
먼바다를 건너온
눈보라가 다녀간 뒤였다고 했다
바람꽃이 피자
그렇게 사납던 눈보라가
잠잠해진다고 했다

인형의 집

당신이 말했어요
지구에 사는 누구라도 자유롭지 못하다고
우주에서 작고 작은 점 하나에 불과한
별에 살면서
자유를 찾아 떠나고 싶다고 말할 때
신이 보시기에 뭐라 할까
갇혀 지내는 것은 참을 수 없는 일이라 했을 때
우리는 이미 우주 안에 갇혀 있다고 말했어요

인형의 집을 뛰쳐나간 노라는 자유로웠을까요

지금의 나에게서 벗어나는 것이
행복을 찾는 길이라 하다가
당신의 그 말이 생각나
있는 자리에서 파랑새를 키우기로 했어요

건들바람

누구였을까
목을 간질이고 숨어버린 이
돌아보면 아무도 없고

누구였을까
귀밑머리 연신 넘겨주며
볼에 입을 맞추고 달아나 버린 이

꽃향기만 솔솔 풀어놓고
어디로 가 버렸나
돌아보면 아무도 없고,

은사시 나뭇잎만
사그락 사그락

해설

‘어떤’ 대상을 위한 따뜻함의 시학

권혁재 시인

‘어떤’ 대상을 위한 따뜻함의 시학

권혁재 시인

1.

금번 상재한 정미영의 첫 시집『능소화 핀 집』은 ‘어떤’ 대상을 위한 따뜻한 시학들로 읽힌다. 그에게 ‘어떤’의 의미는 막연한 대상이나 가치가 없는 ‘어떤’이라기보다는 개념을 포괄하고 당위성을 대변하는 ‘어떤’으로써 목적이나 주제가 뚜렷하게 나타난다. 일반적으로 ‘어떤’은 두 가지 면에서 그 의미를 나타내고 있다. 하나는 형식적인 측면이고 다른 하나는 내용상의 측면이다. 먼저 형식적인 측면은 시의 운율, 문체 등과 관련하여 시인이 시를 직조하는 데 있어서 일종의 기법이나 그만의 독특한 톤을 잘 드러낼 수 있는 부분이다. 다음으로 내용상의 측면은 서정, 감각, 이미지, 주제 등을 엿볼 수 있는 부분으로 시인의 시세계나 뚜렷한 개성을 잘 살펴볼 수 있다.

정미영에게 ‘어떤’은 분리수거를 하다 겪게 되는 “버려진 것들의 일부는 땅에 묻히고/ 일부는 또 버려지기 위해/ 다시 돌아오는 수거함 같은 장례식장”(「어떤 장례식장」)으로

“버려지는 것들”에 대한 애도도 없이 문상을 하는 현실의 공간에서의 ‘어떤’ 곳이자 “바람이 성호를 그으며 지나가는” 의식으로 “시간의 흔적이 뒤섞여 있는 몰골들”에서 자아를 확인하는 ‘어떤’ 곳이기도 하다. 또 ‘어떤’은 “생각 뭉치 때문”(「어떤 처방전」)에 아픈 “중심을 잡아주는” ‘어떤’이 되기도 한다. 그리하여 “화살이 무디다거나 비아냥거려도/ 시위를 늘 중심에 두고 있다”(「오랜 말」). 그에게 ‘어떤’은 일상생활에서 부딪히는 사소한 행위에서 비롯되고 있지만 그는 그것을 놓치지 않고 시의 영역으로 끌어들여 결국 ‘어떤’의 시가 되도록 잘 획득해낸다.

정미영에게 시론은 이론으로만 존재하는 내용이고 시작품에서의 시론은 정미영 자신이 크나큰 시론이 된다. 그에게 시는 정미영 너머의 있는 시로서 정미영을 관통하여 표적지에 꽂힌 화살과 다름없는 그 이상의 것이다. 그에게 ‘어떤’은 형식상이나 내용상 모두를 차치하더라도 시로서 ‘어떤’을 아우르는 어떤 연결고리를 가지고 있다고 할 때, 정미영의 시는 ‘어떤’의 의미나 강조만으로 이미 대상들을 충분히 따뜻하게 보듬고 자아나 타자를 떳떳하게 드러내 놓았다. 물론 여기에는 그가 받은 상처나 고통, 그리고 빛바랜 기억들이 뒤섞여 혼재하고 있지만 정미영은 여타의 유파나 흐름에 흔들리지 않고 꾸준히 자신만의 시세계를 구축하여 왔다. 아치볼드 매클리시의 「시학」에 나오는 것처럼 그도 나름대로의 “감촉할 수 있고 묵묵해야” 하는 ‘어떤’ 시에 대해 고민하고 연구하며 부단히 시를 써왔다. 그리고 앞으로도 계속 그의 시가 그러하리라고 여겨진다.

정미영에게 ‘어떤’ 대상들은 “잊혀진다는 것은/ 혼자 조용히 그리움을 삭히는 것"(「공중전화」)으로 나타나다, "주인을 기다리던 반려견의 눈빛"(「가을비」)에서 "칸나로 붉게 떨어"지는 뜨거운 흐느낌을 뚝뚝 흘리는 가을비 같은 것으로, "살다 보면 뒤쪽이 더 진실일 때가 있다"(「사과」)고 스스럼없이 말하는 사람들이다. 그러면서 나이를 먹고 쌓여가는 세월에서 화석이 되는 것을 "한 소절씩 앓는 소리를 내며/ 덤덤히 돌아가는 선풍기 같다"(「오래 된다는 것」)는 사실적인 표현에서도 "살아간다는 것은 소소해서/ 꽃이 바람에 흔들리는 것이거나/ 내가 향기에 흔들리는 것이다"(「감국을 따던 날」)라고 자아를 받아들이며 따뜻하게 감싸 안는다. 심지어 "열섬에 갇힌 도시의 사람들"(「열대야」)마저 "움켜쥐지 못한 때의 얼룩이 그림자처럼/ 오랫동안 마음 한켠에 갇혀"(「때를 놓치다」) 있는 현대인의 녹록하지 못한 생활에서 "그늘진 틈 사이로 난 햇살 위를 길 삼아/ 겨울을 건너"(「춘분」) "봄도 조금씩 꽃피며 따뜻해지는 날이" 올 것이라는 '어떤'에 대한 예시와 희망으로 대상들을 위로하며 보듬고 있다.

전철에는 달팽이가 앉아 있어요
모두가 같은 모양의 수신기를 차고
외계로부터 전파를 받아
스마트 속으로 스마트하게 접속해요
두리번거리며 총을 쏘고 있는
젊은 눈과 마주쳤어요
눈길을 돌려
같은 종족이라는 표시로

깊숙이 넣어둔 무전기를 꺼내
만지작거립니다

내가 지구 밖으로 떨어져 나와
이 전철 안에 있는 걸까요
낯선 것들이 펼쳐져 있어서
정복당한 것인지도 모르겠습니다
어색한 표정으로 순간이동이
빨리 되기를 기다리고 있어요
어디가 종착지일까요
첫 사람
첫 눈빛이 그리워져서
휴대폰을 눌러
따뜻한 고향으로 전화를 하고 싶은
여기는 어디일까요
—「달팽이 전철」 전문

「달팽이 전철」은 달팽이처럼 더디게 사유하는 현대인들의 행동과 모습을 특징적으로 잘 잡아 희화적으로 그려낸 작품이다. 마치 한 폭의 그림을 보는 듯 시의 묘사나 내용이 전철을 타고 오고 가는 현대인들이 스마트폰이라는 문명의 이기에 그야말로 스마트한 각자의 생활방식을 새로 만들어 적응하며 생존하여 왔다. 눈을 뜨면 스마트폰을 찾게 되었고 잠자기 전에도 확인을 하지 않고는 불안해서 잠을 잘 수 없을 정도로 현대인들은 그만큼 중독되어 있다 하여도 과한 말이 아닐 것이다. 얼마나 중독이 심하면 밥을 먹으면서도 보고, 길을 걷다가 넘어지고, 신호등 앞에서 신호를 놓친다. 하물며 전철 안은 오죽하겠는가. 비슷한 사람들의 비슷한 모습, "외계로부터 전파를 받아/ 스마트 속으로 스마트하게 접속"을 하고 "같은 종족이라는 표시로/ 깊숙이 넣어둔 무전기를 꺼내" 동족임을 증명한다. 정미영이 바라본 전철 안의 기괴한 풍경은 "낯선 것들이 펼쳐져 있어서/ 정복당한 것인지도", 아니면 "지구 밖으로 떨어져 나와" 있는 것인지도 모를 정도로 헷갈리는 "어색한 표정으로 순간이동이/ 빨리 되기를 기다리"는 달팽이 전철 안은 "첫 사람/ 첫 눈빛이 그리워져서/ 휴대폰을 눌러/ 따뜻한 고향으로 전화를 하고 싶은" 그런 곳인데, 현실은 달팽이처럼 우글거리며 모두 한곳을 응시하고 있는 "같은 종족의 표시"로 앉아 있다. 이런 진지한 관찰을 하는 화자에 정미영은 어떤 방어기제나 폭력적인 시어를 전혀 선택하지 않고 "낯선 것들이 펼쳐져 있어서/ 정복당한 것인지도 모르겠습니다"라고 정중한 인정과 순간이동에 대한 따뜻한 말로 스스로 위안을 얻으려 하고 있다.

은행나무 사거리에는
아무도 찾지 않는
유리로 된 집이 있다

한때 사랑에 애타던 사람들이
문 앞에서 서성이던 곳
그 집에 들렀던 사람이라면
눈물 한쪽 분량쯤 되는 기억을

넘기고 있을 텐데
딸깍이던 소리에 조바심 내면서
수화기 너머로 주고받던 무수한 사연은
푸른 은행나무 길을 휘돌아나간 바람처럼
여러 번 새잎이 돋아도
돌아오지 않는다

잊혀진다는 것은
혼자 조용히 그리움을 삭히는 것
빗장을 닫아걸고
덧없이 시간을 보내는 것일까

은행나무 사거리 빵집 앞에는
아직도 유리로 만든 집이 있다
—「공중전화」 전문

이 시는 앞의「달팽이 전철」과는 다르게 정미영만의 시풍이나 문체가 잘 드러난 시가 아닌가 싶다. 서사나 서정이 무난하고 억지스러운 데가 없고 앞뒤 구절이 잘 맞아 이해도 쉽게 되지만 받아들이는 서정의 진폭도 증가하고 있음을 알 수 있다. "공중전화"를 "유리로 된 집"이나 "한때 사랑에 애타던 사람들이/ 문 앞에서 서성이던 곳"이라는 일반적인 표현에서 "딸깍이던 소리에 조바심을 내면서/ 수화기 너머로 주고받던 무수한 사연은/ 푸른 은행나무 길을 휘돌아나간 바람처럼/ 여러 번 새잎이 돋아도/ 돌아오지 않는다"로 청각 효과를 내며 이미지의 상승효과를 등가시켜 나타낸다. 그러면서 "잊혀진다는 것은/ 혼자 조용히 그리움을 삭히는 것"으로 파악하여 "딸각이던 소리에 조바심을 내면서"의 부분과 병치를 이루면서 "유리로 된 집"에 대한 특성과 여러 풍경들을 '어떤'에 반추시키는 인물이나 사건이 있었음을 잘 지적해낸다. 정미영에게 「공중전화」는 "잊혀진다는 것은/ 혼자 조용히 그리움을 삭히는 것"으로 화자의 기억 속에 자리하고 있는 "은행나무 사거리 빵집 앞"에 있는 "유리로 만든 집"을 떠올리며 혼자 "조바심 내면서" 지난 시간의 공중전화를 통해 다시 대화를 하고 싶은 자성의 시간이 응축된 화자의 안타까운 심정이 수채화같이 맑게 잘 드러낸 작품이다. 정미영에게 "공중전화"는 한때의 사랑이나 그리움을 삭히며 지난 시간을 돌이켜보는 '어떤' 곳에서 서정의 대상이 되면서 또한 '어떤'의 동기가 될만한 시학이 항상 존재하고 있다는 것이다.

2.

정미영의 시는 화자가 대상으로 투사가 되거나 관념이 짙은 선택적 화자를 인위적으로 등장시키지 않는 특징을 가지고 있다. 이를테면 「조용한 위로」에서 선인장의 상처를 보고 화자의 아픔을 드러내는 게 아니라 "천 가지의 아픔으로/ 꽃을 피워냈을/ 고요한 인내"로 견뎌온 선인장의 아픔에서 화자의 "슬픈 마음을 다독"이는 현상은 정미영의 시에서는 잘 나타나지 않은 동일화나 투사가 아닌 자기 연민, 또는 자의식으로 스스로를 조용히 끌어안고 있는 것으로 나타나고 있다. 이러한 '어떤'의 시적 자아나 화자가 선택적 화자로 확장해나가는 단계는 「개망초」에 와서 애원이나 부탁의 형식으로 바뀌나 대상을 향해 본질의 이름을 부르는 조용한 '어떤'의 의미는 강도가 높고 결 곧은 자세를 취하고 있다 하겠다. "이름 앞에 개자는 붙이지 말아요"라든가 "개자가 들어가는 순간 시선이 바뀌고 말아요"라는 부분은 '어떤' 대상이 '어떤' 이유로 꽃이 되거나 천덕꾸러기가 되는 이중적인 성격의 '어떤' 경계를 지니고 있음을 "잔잔하고 향기"롭게 그리고 부드럽게 지적해낸다.

시를 읽으면 그 시인의 심성을 알 수 있다고 한다. 물론 심성만으로는 시를 쓸 수가 없다. 그러나 본질적으로 사람을 바탕으로 한 시인은 사람 냄새가 나는 시를 쓸 수밖에 없다. 정미영의 시가 그렇다. 정미영은 시의 제재나 주제가 한곳에 머무르지 않고 "암표, 문턱, 달빛마을, 양팔 저울" 등 생경한 제목이나 시어로 시를 세밀하게 주조해내는 저력을 은근히 지니고 있다. 그의 이러한 시작 행위는 시를 사랑하는 저변에 깔린 진정성에서 기인한 것으로 보인다. 그래서 그의 시는 쓸데없는 관념이 개입하거나 제자리에서 빙빙 도는 현란한 서사도 없다. 정미영이 고민하고 안타까워하는 것은 균형이 맞지 않은 것을 바라볼 때나 "콘크리트 담장 아래서/ 아가를 가슴에 안고 잡다한 물건을/ 팔고 있는 여인"(「삼월」)을 마주하거나, "서로가 서로에게 스며들어"(「부부」) 비율의 중요성을 강조하거나, "어디서라도 감시하고/ 감시당하는 불신의 벽"(「감시카메라」) 때문에 죄를 짓지 않고도 죄를 지은 듯 매일 움찔하게 되는 것들이다.

찬비가 내린다

붉은 장미를 사 들고 그에게 간다

꽃처럼 향기롭게 잘 웃던 그가
1층 병실 끝 볕이 잘 들지 않는 방에 누워 있다

한때는 새벽 초침 소리처럼 밝았던 그가
지금은 겨울 저녁 같이 흐리다

의사는 이따금 와
차가운 손을 이마에 대곤
어제 했던 같은 말을 되풀이하고 돌아간다

알코올 솜 냄새가 장미의 향기를 덮은 병실
그래도 어디서 봄이 오고 있는지
장미 향기가 조금씩 풀썩거린다
—「입춘」 전문

입춘은 24절기 중 세 번째 절기로 봄이 오거나 봄으로 들어간다는 뜻을 지닌다. 입춘은 겨울이 끝나고 봄이 시작됨을 의미하기도 한다. 그래서 겨우내 잠들었던 생명들이 봄에 다시 깨어나 생명 활동을 다시 시작함을 알려준다. 입춘이 오면 꽃은 향기롭고 시계 초침은 밝고, 병실을 덮은 장미 향기가 풀썩거리는데, 그는 여전히 찬비가 내리는 1층 병실 끝방에 누워 있고, 의사는 어제 했던 말을 반복하며 돌아가는 저녁이 겨울 같은 흐린 날이다.

정미영은 입춘과 대비되는 여러 환경과 분위기를 배치함

으로써 병실에 누워있는 그의 '어떤' 상태를 알코올 냄새로 조금씩 짐작하게 해준다. 그러나 그것 뿐, 그의 상태나 앞으로의 진행 방향에 대해서는 일말의 예고도 하지 않는다. 미숙한 듯 보이는 "입춘"을 통해 정미영이 노리는 시적 효과는 미숙함 속에서의 미숙함을 소거하는데 그의 의도가 있다고 볼 수 있다. 제목에서 나타나듯 "입춘"은 겨울이 끝나고 봄이 시작된다는 절기상의 의미이지만 병실에 누워있는 그를 통해 "장미 향기가 조금씩 풀썩"거리며 봄이 오고 있다는 희망적인 메시지에서 미숙함을 소거하고 완숙함으로 정치시키려는 화자의 '어떤' 입춘에 대한 갈망이 여실히 잘 드러난 작품이라 할 수 있다. 정미영에게 "입춘"은 뒤섞여 있고 혼란스러운 계절의 절서를 바로 잡아 세워놓은 온당하고 바른 처사에 대한 '어떤' 결과나 기대치가 봄날같이 "풀썩" 일어서는 날인 것이다.

그녀가 예고도 없이
단단히 뭉친 말씨를 뱉어냈다

그날 이후
누군가를 만날 때면
먹지 말아야 할 것을 먹은 것처럼
다시 뱉어내고 싶은 게 있었다

내 의지와는 달리 삼켜버린 그 말씨가
입 밖으로 역주행할 것 같아
산목련 얼굴빛도 하얘졌다

오랫동안 그녀가 품고 있다가 흘린 것이
내 마음 어디쯤서 싹이 터 올라오는지
자꾸 목이 간지러웠다

산목련도 입이 가려운지
바람에 헛기침을 했다

그녀에게는 내가 깊은 산골짝
어쩌면 산목련 쯤으로 보였던 거다
저 홀로 피었다가
저 홀로 말없이 지는,

들은 비밀이 시시하고 싱거운지
보름달이 귀를 갖다 대면
산목련은 희죽희죽 웃으며 더 하얘졌다
—「산목련, 비밀을 듣다」 전문

비밀은 듣는 순간부터 재앙이 된다는 말이 있다. 더군다나 "예고도 없이" 듣게 되는 "단단히 뭉친 말씨" 같은 비밀은 더욱 그러하다. 화자의 의지와는 상관없이 듣게 된 비밀은 "먹지 말아야 할 것을 먹은 것처럼" 다시 뱉어내고 싶었지만 "내 의지와는 달리"한 듯 산목련 얼굴빛도 하얗게 변하였다. 비밀을 들은 이후로 "내 마음 어디쯤서 싹이 터 올라오는지/ 자꾸 목이 간지러워" 오고 "산목련도 입이 가려운지/ 바람에 헛기침을 했다". 비밀을 발설하고 싶은 마음이 산목련 싹처럼 돋아오르고 그런 산목련도 입이 자꾸 가려워 헛기침을 한다. 그녀에게 화자는 깊은 산골짝에서 "홀로 피었다가/ 저 홀로 말없이 지는", 산목련 한그루로 얕잡아 본 것인지도 모른다. 아니면 화자에게 너도 별수 없는 산목련에 불과하다며 과소평가를 한 것이 '어떤' 비밀을 제공한 그녀는 스스로 화를 자초한 것인지도 모른다. 위 두 가지 '어떤' 모른다는 사실에서 화자와 그녀 사이에 있는 비밀이 시시하고 싱거운 것은 아닌지 가늠하는 보름달의 등장은 결말을 "희죽희죽 웃으며" 밝게 마무리하게 해준다. 여기서 정미영의 시가 어둡지 않고 심각하지도 않고 따뜻한 시학으로 시의 톤을 잘 조절하고 있음을 알 수 있다. 이는 그가 시를 감각적으로 받아들여 무거운 주제를 분산시킬 수 있는 시의 힘을 지닐 수 있어서 가능하다 하겠다.

3.

정미영의 시에는 눈물이 자주 비추는 '어떤' "기다림의 속들"로 가득 채워져 있다. 여기에는 '아버지, 찔레꽃, 남매, 전화기, 배롱꽃, 명자꽃, 시계' 등 아버지에서부터 꽃과 그리고 시계들, 다양한 대상으로 이루어져 '어떤'의 인연을 주도하고 있다. "엄마가 가시에 찔린 채 피운"(「찔레꽃」) 찔레꽃 이름을 부르면 엄마의 눈물이 바람 자락에 섞여 화자 자신도 눈물이 난다는 부분은 가시에 찔린 채 엄마하고 동일시되는 찔레꽃에서 엄마를 유추해내는 따뜻한 심급이 시로 발현되고 있다.

"은사시나무 한그루로 잠들"(「남매」)은 동생의 이미지나

꽃잎이 흩어져 가슴 한켠을 뻐근하게 하는「오얏꽃 질 무렵」이나 "슬픔을 먹고 사는 것인지/ 새벽안개처럼 차고/ 쓸쓸"하다는「기억」은 이미 '어떤' 대상을 위한 "기억" 속에 '기억'으로 자리한 것을 다시 "기억"으로 불러와 "기억"의 껍질을 벗겨냄으로써 앞으로 다가올 "기억"의 속성들을 재정립하고 있다. 정미영에게 기억은 "형용사"처럼 색깔이 불분명하고 "오래된 시계"처럼 "멈추어버린 시간을 끄집어내"는 것이며, "한 사람이 길 밖으로 떠나고/ 한 사람이/ 길 안으로 들어와 옷깃이 스치면" "누군가의/ 체온/ 웃음소리"(「인연」)를 들으며 감내하는 것으로 나타난다. 이런 일련의 만남과 이별을 통해 그가 터득한 시를 위한 '어떤' 기법은 초조하거나 조급한 상태에서는 시를 쓰지 않는다는 것이다.

정미영에게 시는 마주치는 하나의 대상과 사건이지 반드시 시로 타고 넘어야 할 대상은 아니다. 그가 시를 바라보며 만들어 가는 과정은 속도의 문제가 아니라 과정의 문제에 치중하고 있다. 시가 시로 보여질 때까지 그는 최대한 느긋하고 가슴에 와닿는 파문으로 기다리고 있다가 파동치는 시의 줄기를 엮어낸다. 그만큼 그는 시를 엮는데도 조심스럽고 신중하다. 그 심정은 "기억 저편에서/ 전화를 받을까 봐/ 그래서/ 전하지 못한 말 하게 될까 봐"(「주인 잃은 전화」) 스스로 자기 시의 검열에 앞서 불안해하지 않으려고 정미영은 "차마 끝까지 번호를 누르지 못"하듯 함부로 시에 대한 방점을 찍지 않는다.

음식마다 짜다고 하는 엄마

철부지 막내를 먼저 보내고
단 것 좋아하던 아들에게
가진 것 다 내어 주면서부터
엄마의 입은 소금밭이 되었다

음식 타박 한 번 안 하고
엄마가 만든 음식을 맛있게 먹어주던 막내
짠맛만 가지고 살아가는 것이 힘들다며
점점 야위어 가는 엄마

쉽게 비어지지 않는 냉장고
눈물로 절여진 가슴에서
비릿한 냄새가 났다
소금꽃이 웃자랄수록
단맛이 사무치게 그립다는 엄마

엄마가 맛을 잃어버렸다
—「맛을 잃어버리다」 전문

정미영 시인은 부모에 대한 효도가 자별하다. 그래서 그의 시에서도 부모에 대한 시작품이 많이 나오는 것이 그런 연유에서다. 대개의 시인이 첫 시집에 많이 수록하는 작품이 가족이나 육친에 대한 작품들이다. 이런 현상은 어떻게 보면 당연한 듯 보이지만 반대로 생각해보면 내용이나 주제가 한 군데로 편중된 단점을 노출하게 된다. 그러나 슬픈 가족사나 유년의 기억에 내재된 편린 등을 시인이 육화하여 그것들을 다 들추어낼 때, 그 이후의 시들은 분명 내면이 깊어진 시다운 시로 무장하여 나타날 것이라 믿어진다.

이 시는 막내아들을 먼저 보낸 엄마가 '입맛'과 '맛'을 잃어버리면서 신산한 삶을 살아오며 눈물에 절여진 엄마의 가슴과 소금밭이 된 엄마의 입맛을 감각적인 서정시로 잘 짚어내었다. 죽은 막내를 가슴에 묻은 "엄마의 입은 소금밭이 되었"고 "짠맛만 가지고 살아가는 것이 힘들다며/ 점점 야위어 가"고 있다. 입이 하나 줄고 아들 생각에 먹지를 못해 냉장고는 쉽게 비워지지 않고, 단 것을 좋아하던 아들과 더불어 단맛을 그리워하는 엄마, 그런 "엄마가 맛을 잃어버렸다". 아니 엄마가 아들을 잃어버렸다. 입맛을 잃은 엄마보다도 아들을 잃은 엄마의 슬픔이 더 극적으로 다가오게 하는 정미영의 수작이라 할만하다.

"엄마가 맛을 잃어버렸다"라는 마지막 행에 엄마의 아픔을 집약시켜 한 행으로 마무리를 한 데서 그가 시를 통해 엄마를 사랑하는 마음이 절절하게 배어 있음을 알 수 있다. 아들을 그리워하는 엄마의 심정도 울분이나 눈물이 범람하지 않게 담대하게 엮어내는 과정에서 그의 느긋한 시심을 추측할 수 있다.

목련나무 아래서
소녀 둘이
손으로 봄을 이야기 한다

겨울에서 풀려닌 꽃은

순백의 빛깔로
그 여린 손에서 다시 피어난다

찬바람이 헤적일 때
소리는 가라앉고
말들은 더 침묵하고,

다만 그 깊은 눈동자에 핀
하얀 봄날

목련꽃 몽글몽글 피어나듯 고요히
오래도록 그들의 이야기는 이어진다
—「수화」 전문

정미영의 시에는 아름다운 꽃이나 꽃 이름이 자주 등장한다. 그러나 그 중에서 제일 예쁘고 귀한 꽃은 "수화"이다. 수화는 농인 장애우들이 상호간 의사소통을 하기 위하여 손의 움직임으로 표현하는 시각언어다. 어떻게 보면 수화도 손으로 만들어낸 꽃의 한 가지이다. 그런 수화가 "목련나무 아래서/ 소녀 둘이/ 손으로 봄을 이야기"하며 피어나고 있다. 그것도 "겨울에서 풀려"나 "순백의 빛깔로/ 그 여린 손에서 다시 피어"나고 있는 셈이다. 그러나 수화를 하는 "소리는 가라앉고/ 말들은 더 침묵"하며 긴장의 시간으로 고요에 쌓여 있다가 "눈동자에 핀/ 하얀 봄날"을 무사히 건너왔다는 기쁨으로 수화도 잠시 경건한 시간을 뒤돌아본다. "목련꽃 몽글몽글 피어나듯" 다시 오래도록 이야기를 이어가는 그들의 수화에 봄이 오고 "겨울에서 풀려난 꽃"들이 "그들의 이야기"로 "순백의 빛깔"로 몽글몽글 피어난다.

수화를 통해 "꽃"을 이야기하는 이중적인 구조의 서정 방식은 정미영의 의도치 않은 자연스러운 기법에서 발로된 것이며, 손으로 말을 만들어 결국 꽃을 피워내 상대에게 전달하는 '어떤' 수화 한 송이가 봄날을 깨우며 피어나고 있는 것으로 드러낸 것이 「수화」이다. 정미영에게 수화는 꽃으로, 손으로 하는 말로, 소녀 둘의 손 끝에 매달려 피어나는 꽃이자 메시지가 되어 봄날을 가로지르는 따뜻한 대상이 된다. 「수화」는 정미영만이 시로서 포착해낼 수 있는 것으로, "침묵"과 "고요"로 인해 "수화"가 밝아지고 그 뜻이 더욱 숙연해지게 다가온다.

'어떤' 대상을 위한 따뜻한 시학으로 읽히는 정미영의 첫 시집 『능소화 핀 집』 출간을 축하한다. 그에게 '어떤'은 형식이나 내용을 떠나서 시를 아우르는 어떤 연결고리를 가지면서 대상물을 충분히 따뜻하게 보듬고 자아나 타자를 떳떳하게 드러내놓는다. 정미영은 진지한 관찰을 통해 시를 쓸 때, 어떤 방어기제나 폭력적인 시어를 전혀 선택하지 않을뿐더러, 투사가 아닌 자기 연민, 또는 자의식으로 스스로를 조용히 끌어안고 감내하는 것으로 나타내고 있다. 또 정미영의 시가 어둡지 않는 것은 시의 톤을 잘 조절하여 그가 시를 감각적으로 받아들여 무거운 주제를 분산시키는 시의 힘을 지니고 있음을 알 수 있다. 이제 스스로 자기 시의 검열에 불안해하는 정미영이 자서에서 밝혔듯이 "버거워 무디게 지나가는 삶도, 시도, 사랑도 제자리걸음"을 하지 말고 바람에 날리는 신목련처럼 먼 길을 떠나가길 바란다.

정 미 영

정미영 시인은 전남 무안에서 출생했고, 2019년『애지』로 등단했으며, 현재 '애지문학회 회원'과 '시마을' 동인으로 활동하고 있다.
정미영 시인의 첫 시집『능소화 핀 집』은 '어떤' 대상을 위한 따뜻한 시학들로 읽힌다. 그에게 '어떤'의 의미는 막연한 대상이나 가치가 없는 '어떤'이라기보다는 개념을 포괄하고 당위성을 대변하는 '어떤'으로써 목적이나 주제가 뚜렷하게 나타난다. 일반적으로 '어떤'은 두 가지 면에서 그 의미를 나타내고 있다. 하나는 형식적인 측면이고 다른 하나는 내용상의 측면이다. 먼저 형식적인 측면은 시의 운율, 문체 등과 관련하여 시인이 시를 직조하는 데 있어서 일종의 기법이나 그만의 독특한 톤을 잘 드러낼 수 있는 부분이다. 다음으로 내용상의 측면은 서정, 감각, 이미지, 주제 등을 엿볼 수 있는 부분으로 시인의 시세계나 뚜렷한 개성을 잘 살펴볼 수 있다.

이메일 daisy5015@hanmail.net

정미영 시집

능소화 핀 집

발　　행　2023년 8월 15일
지 은 이　정미영
펴 낸 이　반송림
편집디자인　반송림
펴 낸 곳　도서출판 지혜, 계간시전문지 애지
기획위원　반경환 이형권
주　　소　34624 대전광역시 동구 태전로 57, 2층 도서출판 지혜
전　　화　042-625-1140
팩　　스　042-627-1140
전자우편　eji@ji-hye.com
　　　　　ejisarang@hanmail.net
애지카페　cafe.daum.net/ejiliterature

ISBN　979-11-5728-514-3 03810
값　10,000원

이 책의 판권은 지은이와 도서출판 지혜에 있습니다.
양측의 서면 동의 없는 무단 전재 및 복제를 금합니다.